ふらんす堂叢書 俳句シリーズ1

四季の巡りに

高田風人子句集

shikinomegurini
Takada Fuujinshi

ふらんす堂

目次

句集　四季の巡りに

平成十二年〜十三年

平成十二年

寿司組やとんかつ組や初句会

昔より熱海は湯町小正月

案内図の梅林に今我もかな

人知れず林中のこの赤椿

その話ゆつくり聞かう水温む

ひそかにも玉を抱きて牡丹の芽

花万朶日本に生まれ古稀も過ぎ

馬に鞍置きし花見の古人はも

造化忙芭蕉は玉を巻きにけり

歩くべし島の薄暑を讃ふべし

老いぬれば寝るが健康明易し

舟虫や人より先に生まれけむ

筒抜けの風が馳走や避暑の宿

二階より手を振りくれし避暑たのし

蜘蛛の囲に人がかかりし騒ぎやう

秋晴の島にいただく黍団子

銅像は明治の男時雨れをり

さなきだに師逝き友逝き冬に入る

時雨るるや十年まこと一ト昔

雨に濃き十一月の赤のまま

うつりをる天日白し蓮枯るる

枯菊の茎存外に固かりし

平成十三年

梅白し我が人生も喜寿近く

すぐ判る芽はチューリップ一並び

寄り添ひて背高き低き土筆かな

今日はしも飛ばされさうな春の風

誰彼の誰彼も逝き虚子忌かな

大桜今年も蘂の降る頃に

桜蘂踏みつつ池畔逍遥す

斯くて汝はいそぎんちゃくとして生まれ

鎌倉の小さな寺の柿若葉

歯の抜けし夢におどろき明易し

短夜や朝に間のある手を胸に

薔薇を見る初めてお会ひせし人と

籐寝椅子古りにけり我古りにけり

職退きし時よりのこの籐寝椅子

夕空を見つつ夢あり籐寝椅子

滝の威や滝の美や今旅の我

夏山の禿げたる所硫黄噴く

生きるべし夏木に精を貰ふべし

避暑散歩とは語呂よろし景たのし

目も大事耳も大事やホ句の秋

秋風や会ふは別れのはじめてふ

秋淋し戦と恋は昔より

秋声を聴かんとひとり森の径

巨木朽ち行く諸々の菌生え

去る者は去れとうそぶき秋淋し

山門も国宝といふ秋日和

紫苑咲き家は合掌造りかな

笹子聞く目もて互ひに頷きて

老松も実生の松も時雨れけり

わが町は相州浦賀時雨るる日

小春日やいつも供華ある道祖神

襟巻をせめては派手に老いにけり

老いぬれば杖も身の内小六月

健康や冬の朝日を手庇に

おのがじしかな墓となり冬日浴び

平成十四年〜十五年

平成十四年

大楠に一の鳥居や初詣

餌をくれる女のあとを寒鴉

冬浪や我を引きずり込みさうに

恋心椿に寄せて老いにけり

白梅に大先輩や米寿なり

犬ふぐり信じ合ひつつ咲けるかに

英勝寺とは尼寺や梅多し

国破れて山河在りとぞ西行忌

花ミモザ風美しく見えにけり

健康は歩くことから木の芽山

花埃風神機嫌斜めなり

何となく咲いてしまひし紫荊

英勝寺寿福寺春の山裾に

花の山観音白く立ち給ふ

花冷や話の合はぬ人とゐて

大石忌日本すつかり変はりけり

大石忌早駕籠といふものありし

我元気彼も元気や虚子忌来る

耳までも賢さうなる子猫かな

二階より桐の花見え湖畔宿

風涼し登りつめたるうれしさに

幹回り抱へ切れざる夏木かな

墓古し蛍袋の咲いてゐて

植田あり山懐に村ありて

白南風や神々海を来たるらん

灯台や海の日ゆゑの万国旗

息止めて蚊を打ちにけり仕止めけり

色の濃き島の塩辛蜻蛉かな

新涼や水平線に朝が来る

初秋や島のホテルの大蘇鉄

季題ある故に俳句やホ句の秋

露草におどけし顔のなかりけり

根釣人二人一人は又上げし

消えて無し秋蚊を打ちし筈なるに

曼珠沙華この世あの世と人は言ふ

集まりて鴉何事秋風裡

記念艦三笠に旗や秋天下

入口に対の懸崖菊花展

囚はれの身となりて鷲止り木に

落葉踏む音の好きな日嫌ひな日

神留守の宮と承知の願ひ事

鴛鴦の雌の地味なる賢さよ

新しく又一枚や朴落葉

初時雨乾坤といふ言葉好き

幾度も雲に呑まれて冬日健

懐手解きて頷きくれにけり

日当りてあたたかさうな落葉かな

表札の替はりゐし家十二月

平成十五年

死の話宇宙の話日向ぼこ

風の出て夢破れけり日向ぼこ

寒鴉阿呆と鳴きぬ諾ひぬ

若布干しをり似たやうな顔をして

老人の多くなりし世梅二月

曇る日は眠り続けて犬ふぐり

春寒や合点のいかぬ事多く

古墳へも案内してくれ木の芽山

喜寿にしてときめき桜貝拾ふ

拾ひみし落椿冷たかりけり

春徐々にたまには雨も佳かりけり

我が好きな浦賀古道初桜

落花踏みながら思ひは亡き人へ

亀どちも春惜しむげに首を伸べ

時を待つとは皮を脱ぐ竹とても

先程の雨粒ならん花薔薇

夏帽に顔の似て来し老夫婦

風死すの言葉通りや汗を拭く

七月の宗谷岬の鰯雲

梅雨眠し掌もて欠伸を押さへつつ

大夏木仰ぎ幹にも感心し

かの女犬泳がせてずぶ濡れに
海月見る地球の昔々とは
亀の噴水鶴の噴水なつかしや

蟷螂に我気付かれてしまひけり

その話秋風に聞き頷けし

秋風や読み浅かりしことを悔い

秋晴の木洩日美しき神の杜

讃岐には溜池多し秋日和

日本の秋晴讃へ旅讃へ

氏子我桜紅葉に賽しけり

残菊に今日は日差しの望めざる

噎出て憂国談議途切れけり

雑炊に膝を正して老いにけり

平成十六年〜十七年

平成十六年

鴨進む首伸べ水をすくひ飲み

今年また斯く空青く梅白し

逝かれしと梅に病むとは聞きゐしが

春寒や欅並木はまだ覚めず

立子忌や師を背負ひたる日もありし

老いけるか菫に心通はざる

犬ふぐり一国を成す程にかな

踏むまじく爪先立ちて犬ふぐり

とは言へど今日で七日目春の風邪

和を以て貴しとこそ花万朶

日曜の公園の朝桜かな

惜春や他人事ならず焼香す

崩れざま引きざま卯浪見て倦かず

夢に出る人年取らず明易し

新しき畳がうれし避暑の宿

浜五月人も海より生まれしと

お揃ひといふたのしさに祭来る

口に餌をくはへし鴉朝曇

四阿もありそこよりの花菖蒲

サイロある好きな景色の夏野かな

石狩の西日涼しき旅にあり

せからしき扇子使ひに心読め

均整のとれし欅の夏木振り

老いに鞭打ちてか然り炎天下

法師蟬鳴き継ぎ人は生まれ継ぎ

髭似合ふ似合はぬ人や秋の立つ

毎年よこの墓のこの鶏頭花

墓は古り今年も曼珠沙華の咲き

和菓子売る月の芒を壺に活け

仕事ある老いの幸せ月の秋

仲秋や学成り難く老いにけり

木犀や民芸館へ石畳

一庵の濡れ縁よりの柿紅葉

駅前に本屋もありて小六月

木の葉散る思ひ出したるやうに又

人生の終の極楽日向ぼこ

日向ぼこ死ぬの生きるの又もかな

平成十七年

氏神へ長寿を謝して初詣

歩きつつ掌を閉ぢ開き寒の内

従へることは従ひ老の春

暖房車立つ程もなく坐れけり

若布干しあり今日のものまだ濡れて

腰下ろしけり犬ふぐり咲くなべに
淋しき日椿を見たく見られたく
ここからの景色が好きで春の山

鶯に聞き惚れてをり虚子墓前

丹田にをさめし闘志春の風

尚奥の実梅も見えて来りけり

アマリリス疲れる赤と彼女いふ
アマリリス赤極まりて背き合ひ
見てをりぬ文字摺草の名も好きで

大夏木君子少なくなりにけり

神話にも出て来る宮の法師蟬

法師蟬こたびは近し聞き惚るる

老人の飛ばされ歩く野分かな

バスからも讃岐富士見え豊の秋

空海にゆかりの寺の新松子

墓並び鶏頭ところどころ立ち

筆遣ひ早く確かや菊画く

神宮に勤めて落葉掃いてをり

冬浪の尚伸びて来る逃げにけり

買物は午前が楽や街師走

蛇屋などありしは昔街師走

平成十八年〜十九年

平成十八年

誕生日来れば傘寿の初湯かな

夫婦して八十の春立ちにけり

干したての潮まだ垂るる若布かな

寿福寺の梅に今年も立子の忌

春潮や見馴れし景に島一つ

朝湯出て虚子忌心に爪を切る

どちらかといへば嫌ひや著莪の花

自恃といふ好きな言葉や楠若葉

一枚の皮まだ残り今年竹

孑孑の同じ仕草の浮き沈み

十薬や一億の民戦ありし

田植機の人を待つげに休みをり

咲いてをり胡瓜横向き茄子は俯き

老人は汗出ぬときく汗を拭く

秋風や話せば長き縁にて

空港や旅も終りの鰯雲

炭使ふことの少なくなりし世よ

炭をつぎながらぽつりと言はれけり

平成十九年

黒船の来し町に老い明の春

かたくなはすねるにあらず老の春

御慶述ぶマスクとる手を押しとどめ

パソコンもメールも出来ず老の春

背伸びせず老いて健やか春隣

一木の百に余れる椿かな

ひたすらに意志を通して濃紅梅

生意気なことは言ふまじ梅白し

混ぜ垣に窮屈さうな椿かな

春暁の月ありし雨はあがりゐし

いふなればすべて私道や蜷の道

この町に古りし和菓子屋花の雨

老人に赤はうれしもチューリップ

花菫には名札なしこごみ見る

その先に鳥居見えをる植田かな

紫がやはり好きなり花菖蒲

ジーパンの老人に梅雨晴れにけり

赤過ぎる薔薇は好まず老いにけり

大夏木しづか諭されをる如し

粉を吹いていかにも今年竹らしも

囲を張つてをり子蜘蛛なり見てをりし

明易や又よその犬吠えてをり

蟻急ぎをり蟻らしきものの啣へ

一ト句会また一ト句会山の秋

懐かしの山中湖畔新豆腐

一木やどこかに法師蟬のゐて

秋暑し政局またも混迷す

相性のよくて露草赤のまま

コスモスや三連休の一日目

自動車の来れば道よけ草の花

成すことのまだまだ多し鰯雲

今もある料亭小松冬日和

万両や一粒づつに日を宿し

平成二十年〜二十一年

平成二十年

匠とは例へば松の雪吊も

春寒や老に甘えて手を引かれ

信心の石段高し梅の寺

太陽の恵みに我も物の芽も

老舗らし鶯餅を買うてみし

八十をすぎて夢あり春の雲

乾杯はわが為といふ春の宵

網元の庭広々と白子干す

師の真似の朝湯に虚子忌心かな

ひとり病む妹見舞ひ春深し

春風に歩き通してしまひけり

堂々の欅が好きや園薄暑

咲きゐしと言はれ来てみし桐の花

どくだみと名札のありてはびこれる

梅雨眠し永久の眠りはまだ嫌で

幹にある瘤の気になる夏木かな

冷房に音なき景や大玻璃戸

ラムネ飲む老いて昔のなつかしく

電車より見えたる家の紅芙蓉

蓮の実の飛びたるとまだ飛ばざると

敗荷やはや茎折れしものも多々

年尾忌や石蕗咲いてその頃となる

歳月や芒ヶ原と化しにけり

その話心に沁みて時雨れけり

忙中閑師走三日を湖畔宿

全くの大冬晴に朝の富士

息白し山の朝日の美しく

霜晴の大富士我等俳句の徒

急に声落としてふたり障子の間

声もとに戻して笑ひ障子の間

障子さらりと太平洋の朝の景

街師走花屋の前は花溢れ

人様の絵馬を読みもし初詣

平成二十一年

寒晴や陸橋からも富士の見え

熱燗や人の情といふことを

むづかしき話はきらひ日脚伸ぶ

当然や低きへ流れ春の水

土曜日も休める人ら花の山

手を振られ友と気付きぬ花の山

花散るや幹にもたれて句輩

たんぽぽの絮吹いてみし飛びたるよ

惜春や幼なじみの老二人

春深し世事に遅るること多く

公園の旗竿の鯉幟かな

子供の日子供少なくなりにけり

日傘上げそれが挨拶句にあそぶ

朴の花また一年の巡り来て

大正は矢車草にはや遠し

描きをる人を見てその薔薇を見て

次の世の子供達かな園薄暑

十薬やしづかにおはす幾仏

下着からすつかり替へて梅雨に処す
一陣の風病葉の落ちて来し
わが息と合ひいつまでも滴るよ

これもこれもこれもさうなり蟬の穴

蟬の穴ここごみ覗きぬ唯暗し

好奇心あるうちが花老涼し

ラムネあり昔恋しく買うてみし

玉の鳴ること懐かしもラムネ飲む

噴水や東京湾を船のゆく

こぼれをり見上げてやはり葛の花

秋蝶や故人の話してをれば

雨ふれば雨も俳句にホ句の秋

虫の夜の胸に手を置きねまりけり

成るやうになると自答し秋の風

黒光りして秋茄子や午後の日に

秋風や驕りし故に国破れ

秋風よ東郷さんの銅像よ

秋風に晒して老の恙なし

美しや水引草の雨の玉

鯉らしや破蓮の水動きをり

秋晴やこの絵葉書の橋に今

名園の松にかしづき花芒

秋風や世に本物と贋物と

石蕗黄なり無縁となりし幾仏

止むを得ず両手に荷物冬の雨

十二月八日彼の日の如く晴れ

子供等よ銀杏落葉をかけ合ひて

昔からここは時計屋町師走

冬日あるのみ我が町のさびれやう

今もある材木問屋冬日和

冬晴や明治の頃の煉瓦塀

わが好きなパン屋門松立ちにけり

平成二十二年〜二十三年

平成二十二年

初刷の広告多きめでたさよ

追ひかけて来ての御慶やうれしけれ

白よりも赤が好かれてシクラメン

旗日とはこの頃言はず梅二月

あらと見てゐるうちにふえ春の雪

思つても言へぬことあり春寒し

鎌倉のここにも一寺梅の咲き

落椿土に帰するは人とても

太陽は我にもやさし犬ふぐり

声かけてくれし若者春の風

思はずも話のはづみ木の芽山

戦ある刎れと花に我老いし

まだ咲いてをりし暮春の犬ふぐり

春風や時には帽を押さへもし

春風や海はじめてと言ふ人と

今年竹節々に意のある如く
雨粒のたまにはこぼれ萩若葉
わが耳にこたびは聞こえ行々子

老に鞭打つのは止めて昼寝せん

夢も見ず眠れし避暑の朝や五時

自己流の体操をして避暑の朝

昼顔や明日の蕾の控へをり

電柱の影にバス待つ日の盛り

泡見つつ注いでもらひしビールかな

反り返りたる鬼百合の憎からず

蜻蛉を目に追うてゐし戻り来し

風は秋ポプラは高く雲白く

生と死と死と生と秋深みかも

行秋や人の縁といふ事を

祭神は明治天皇菊花展

神に手を合はす民族菊日和

寄せ墓や石蕗の蕾はまだ固く

あの雲に乗つてみたしと日向ぼこ

磯小春一人で釣りをしてをるよ

一陣の風とはまこと落葉駈け

差し当り欲しき物なし街師走

平成二十三年

この寺のここに今年も竜の玉

竜の玉多きは心丈夫かな

芦枯れてをりそれなりに景を成し

我はその翌月生まれ鳴雪忌

古雛少しお口をあけ給ひ

天災人災花におむすび独り食ぶ

人もかや花の命は短しと
花散るやあの世とは聞くばかりにて
心して鰐口一打春惜しむ

行春や四季の巡れる国に老い

この宿の湯神の祠すみれ咲き

胸像は幕末の志士葉桜に

大空や小学校の鯉幟

新緑や旅に目覚めて恙なし

新緑や煉瓦を敷きて道となし

まだ濡れてをらぬ幹あり若葉雨

今年竹神話の国に我は老い

青柿と言へる程にぞ育ちゐし

紫陽花やそろそろ雨のほしき頃

食後にと気を使ひくれさくらんぼ

悩みある時は来たれと大夏木

老いぬればとは言ふまじく暑に対す

万緑に雨意あり我に憂ひあり

何思ひをるにやなめくぢり這ふ

岸釣をして子供らよ夏休

底紅やまだまだ生きたくとぞ思ふ

目つむれば笑ひてくれし墓拝む

この頃は励めと聞こえ法師蟬

法師蟬代替りせし家多く

十六夜の朝となりゐし月白く

自転車に子も乗せ主婦や秋日和

淋しとは言はぬが男秋の風

破蓮や枯れゆくものに音のなく

名園の松の手前の萩の花

お抹茶のお代り所望十三夜

古民家の縁に腰掛け旅の秋

野菊見てゐて赤のままにも気付き
名前負けせずに咲き初め藤袴
貝割菜土のしめりも程良くて

海の藍空の紺冬晴れにけり

冬帝のもとの山河よ人々よ

一列に揃ひて葱や畝高く

午後一時すでに日陰の枇杷の花

雲厚し冬日はありとのみ白く

数へ日や沖にはコンビナート見え

平成二十四年〜二十五年

平成二十四年

円形の大きな卓に初句会

赤椿お日さまに葉はてらてらと

世の乱れには関はらず犬ふぐり

三椏の三つにまじめに分かれ咲く

白梅やここの寺にも忠魂碑

ふらここの子や父のゐて母のゐて

横須賀の今よ昔よ春惜しむ

人が人裁く裁判竹の秋

メーデーのさびしくなりし横須賀も

噴水や港遊覧船通る

花は葉に大正生まれ今は老い

水馬小さきは小さきもの同士

薄暑かな海も見たくて登り来し

古芦の高く青芦まだ低く

と思ふ十薬やはり雨に合ふ

連れ立ちて来しが別れて梅雨の蝶

デモ起こす気配などなく蟻の道

一息といふは無理なり生ビール

赤き百合黄な百合今の世はをかし

後ろ手をつき涼風に空眺め

緑蔭や幹から幹へ万国旗

青柿のひそかにいだく志

鬼百合の物申したき反りやうや

青柿のここだ落ちゐしかなしさに

刻嘉永五年と馬頭尊や秋

スマホとは略しすぎるよ秋の風

見せくれし蔓に三つも烏瓜

何の木やここだく落ちて黒き実は

十二月八日の冬日我老いし

鴨浮寝上手に顔を皆うめて

この国の政変しらず鴨浮寝

平成二十五年

賀状来ずなりし誰彼吾も老いし

探し得し二粒なれど竜の玉

かき分けてすぐに五粒も竜の玉

竜の玉昭和の御代は長かりき

かみころしたるはあくびや懐手

日本の気になる未来春寒し

耕すも今は機械や老一人

仏とは神とはと春寒き日よ

落ちたるか置きしか椿庭石に

無精髭なでながら花たのしめず

大桜軍港ありし頃よりの

花散るやひとひらの又ひとひらの

朝桜箒目のまだ新しく

おのがじし咲きて静かに朴二幹

エンドレスとは成程な梅雨多忙

街薄暑パン屋はパンを茶舗は茶を

汗になることを承知の水うまし

日本にはよろづの神が森涼し

万緑や社と寺と隣り合ひ

青田かな瑞穂の国とひとりごと

暑に対す一日十句志し

水を打つことも日課に恙なく

洋風の家にも似合ひ青簾

生身魂とは言はれたくなく励む

葛の花日本に昔話ある

赤き血は吾のものの秋蚊打ち得たり

秋晴や我が町からも遠く富士

秋風や転ばぬ先の杖大事

励めとや大秋晴となりけるよ

朴落葉そんな季節に今年もや

あとがき

寿齢九十を迎えた今年、ふらんす堂の「俳句シリーズ」から句集を上梓する幸運に恵まれました。
虚子先生の唱えた「花鳥諷詠」とは、季題を讃美する詩。花も鳥も人も同格と観じて、太陽の恵みに生を営む人達の詠う、潤いのある詩と信じて七十余年。詩の潤いは心のゆとりに通じます。四季の巡りに従って俳句にあそべる幸せから、句集名は「四季の巡りに」としました。
掲載句は『明易し』以後の十二年間のものです。季題別の『四季の歌』からも抄出しました。
出版社との連絡は、句集上梓の機会を作って下さった福神規子さんにお願いしました。

平成二十八年六月

高田風人子

著者略歴

高田風人子（たかだ・ふうじんし）

大正15年3月31日神奈川県三浦郡浦賀町生まれ。
本名、幸一。
昭和19年夏より「ホトトギス」へ投句。同21年復刊の「玉藻」に拠る。同34年1月ホトトギス同人。
同63年7月「惜春」創刊。
平成27年6月終刊。引き続き「雛」を福神規子と創刊。現在に至る。
句集に『半生』『走馬灯』『惜春賦』『明易し』。合同句集に『笹子句集』。共著に『立子俳句三六五日』。編著に『現代女流俳句全集』『現代俳句の世界』収録の「星野立子集」。
俳人協会評議員　日本伝統俳句協会会員

現住所　〒239-0822　横須賀市浦賀2-1-7

ふらんす堂叢書俳句シリーズ①

句集　四季の巡りに

発行日　2016年9月25日　初版発行

著　者　高田風人子©

発行人　山岡喜美子
装丁者　和　　兎
印　刷　㈱トーヨー社
製　本　㈱松岳社

発行所　ふらんす堂
〒182－0002 東京都調布市仙川町 1－15－38－2F
Tel 03(3326)9061
Fax 03(3326)6919
www.furansudo.com

定価＝2000円＋税

ISBN978-4-7814-0904-7 C0092 ¥2000E
Printed in Japan